Danielito
y el
dinosaurio

Escrito e ilustrado por SYD HOFF
Traducción de Teresa Mlawer

LECTORUM
PUBLICATIONS, INC.
111 EIGHTH AVE., NEW YORK, NY 10011-5201

Danielito
y el
dinosaurio

DATE DUE

JUL 2 3 2002	JUN 2 4 2013	
OCT 1 6 2002		
MAR 0 6 2003		
JUN 2 1 2003		
SEP 0 8 2003		
MAR 2 4 2004		
DEC 0 6 2005		
AUG 2 8 2006		
JUN 2 7 2007		
APR 0 2 2009		
SEP 1 0 2012		
MAY 0 7 2013		

Un día Danielito

fue al museo.

El quería ver qué

había allí adentro.

Danielito vio indios,

osos,

y esquimales.

6

El vio armas de fuego.

Vio espadas.

Y vio . . .

¡DINOSAURIOS!

8

A Danielito le encantaban

los dinosaurios.

¡Deseaba tanto tener uno!

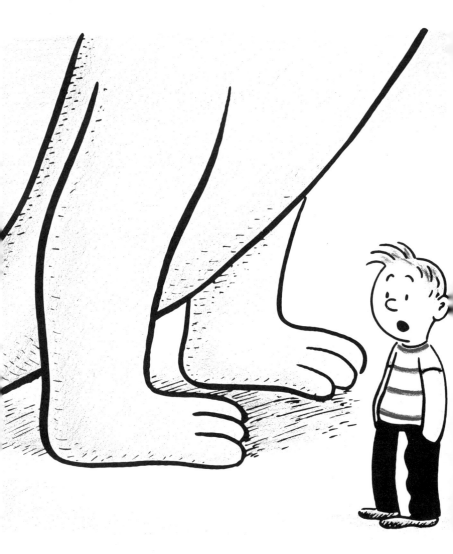

—Cuánto siento que no sean
de verdad— dijo Danielito.—
Sería divertido poder jugar
con un dinosaurio.

—A mí también me gustaría

jugar contigo—

dijo una voz.

—¿Puedes?— preguntó Danielito.

11

—¡Claro que puedo!—

contestó el dinosaurio.

—¡Qué bueno!— dijo Danielito.

—¿Qué podemos hacer?

—Puedo llevarte de paseo—

dijo el dinosaurio.

Y bajó la cabeza

para que Danielito

pudiera subirse.

—¡Vámonos!— dijo Danielito.

Un policía los

miró asombrado.

Nunca había visto un dinosaurio

detenerse ante una luz roja.

El dinosaurio era tan alto

que Danielito tuvo que alzar

las cuerdas de tender la ropa

para que éste pudiera pasar.

16

—¡Cuidado!— gritó Danielito.

—¡Guau, guau!— ladró un perro
que los perseguía.

—El piensa que eres un coche—
dijo Danielito. —¡Fuera de aquí perro,
no somos un coche!

—Puedo hacer el mismo ruido

que un coche—

dijo el dinosaurio.

Pu   Pu   Pu

—¡Qué rocas tan grandes!—

dijo el dinosaurio.

—No son rocas—

contestó Danielito.—

Son edificios.

—Me encanta treparme—

dijo el dinosaurio.

—¡Bájate, por favor!— dijo Danielito.

El dinosaurio tenía que andar con
mucho cuidado para no derribar
las casas y las tiendas con
su larga cola.

Algunas personas que

esperaban el autobús,

subieron a la

cola del dinosaurio.

—Todos los que deseen

cruzar la calle,

pueden hacerlo sobre mi lomo—

dijo el dinosaurio.

—Eres muy amable ayudándome

con mis paquetes—

dijo una señora.

Danielito y el dinosaurio
recorrieron toda la ciudad y se
divirtieron mucho.

—Qué bueno es poder tomar una
o dos horas libres después de
cien millones de años—
dijo el dinosaurio.

Hasta vieron un

juego de pelota.

—¡Dale a la bola!—

gritó Danielito.

—¡Batea un jonrón!—

gritó el dinosaurio.

—¡Qué bueno si tuviéramos un bote!—

dijo Danielito.

—¿Quién necesita un bote?

Yo puedo nadar—

dijo el dinosaurio.

—Puh, puh—

pitaban los barcos.

—Puh, puh—

imitaron Danielito y el dinosaurio.

—¡Qué césped tan verde

y tan lindo!— dijo el

dinosaurio. —No he probado

pasto en mucho tiempo.

—¡Espera!— gritó Danielito.

Mira lo que dice

ese letrero.

POR FAVOR
NO PISAR
EL CÉSPED

Terminaron por tomar

helado.

—Vamos al zoológico a ver

los animales— dijo Danielito.

Todos corrieron a ver

al dinosaurio.

Nadie vino a ver

los leones.

Nadie se detuvo a mirar

los elefantes.

Nadie quiso contemplar

los monos.

Y nadie se quedó a
ver las focas,
las jirafas, ni
los hipopótamos.

—Por favor, váyanse para que
los visitantes puedan ver los
animales— dijo el guardián
del zoológico.

—Busquemos a mis amigos—

dijo Danielito.

—Me parece muy bien—

dijo el dinosaurio.

—¡Allí están!—

gritó Danielito.

—¡Miren, es Danielito montado

sobre un dinosaurio!— gritó un niño.

—Quizá nos dé un paseo a nosotros.

—¿Podríamos dar un paseo?—

preguntaron los niños.

—Desde luego—

contestó el dinosaurio.

—Sujétense bien—

dijo Danielito.

41

El dinosaurio corrió alrededor
de la manzana una y otra vez,
cada vez más rápido.

—Es mejor que

un tiovivo—

dijeron los niños.

El pobre dinosaurio

apenas podía respirar.

—Enséñale algunos trucos—

dijeron los niños.

Danielito le enseñó al

dinosaurio a dar

la mano.

—¿Puedes dar una voltereta?—

preguntaron los niños.

—Eso es fácil—

dijo el dinosaurio.

—Es muy inteligente— dijo Danielito

mientras lo acariciaba.

—Juguemos al escondite— dijeron

los niños.

—¿Cómo se juega?— preguntó

el dinosaurio.

—Nosotros nos escondemos, y tú tratas

de encontrarnos— contestó Danielito.

El dinosaurio se cubrió

los ojos.

Todos los niños corrieron

a esconderse.

El dinosaurio buscó y buscó
por todas partes pero no pudo
encontrar a los niños.

—Me rindo— dijo al fin.

Ahora le tocaba

al dinosaurio esconderse.

Los niños se cubrieron

los ojos.

El dinosaurio se escondió

detrás de una casa.

Los niños lo encontraron.

Se ocultó detrás

de un letrero gigante.

Pero los niños

lo descubrieron.

Se escondió detrás

de un tanque de gasolina.

Pero los niños lo hallaron.

Lo encontraron una y otra vez.

Y todas las veces que se escondió.

—No creo que exista un lugar

donde pueda esconderme—

se lamentó el dinosaurio.

—Pretendamos no

poder encontrarlo—

sugirió Danielito.

—¿Dónde podrá estar? ¿Dónde,

dónde podrá estar este dinosaurio?

¿Dónde se habrá escondido?

Nos damos por vencidos—

dijeron los niños.

—¡Aquí estoy!—

grité el dinosaurio.

—¡Ganó el dinosaurio!—

gritaron los niños.—

No pudimos encontrarlo.

Fue más listo que nosotros.

—¡Qué viva el dinosaurio!—

gritaron los niños.—

¡Bravo! ¡Bravo!

Se hizo tarde y los niños

se despidieron.

Danielito y el dinosaurio

se quedaron solos.

—Adiós, Danielito—

dijo el dinosaurio.

60

—¿Por qué no vienes y te quedas

conmigo?— preguntó Danielito.—

Estaríamos siempre juntos.

—No puedo— dijo el dinosaurio.—

Lo he pasado muy bien.

Nunca me había divertido tanto

en cien millones de años.

Pero debo regresar al museo.

Allí me necesitan.

—Lo siento— dijo Danielito.

—Adiós, amigo.

Danielito se quedó mirando hasta que la larga cola del dinosaurio desapareció.

Danielito regresó a casa solo.

—Qué le vamos a hacer— pensó Danielito.

—De todas maneras, no tenemos lugar

para una mascota tan grande.

Pero en verdad pasamos un día inolvidable.